УДК 82-34-93
ББК 84.4 (Чеш.)
М 60

Наш адрес в Интернете: **www.rosman.ru**

ЗДЕНЕК МИЛЕР

ЭДУАРД ПЕТИШКА • ГАНА ДОСКОЧИЛОВА

КРОТИК
БОЛЬШАЯ КНИГА

МОСКВА

РОСМЭН

2021

Солнышко уже проснулось, но ещё не успело осветить лесную полянку.

Ранним утром Кротик, как всегда, был занят.
Как и положено кротам, он копался в земле в поисках чего-нибудь нужного.

День начался удачно. Кротик нашёл верёвку, булавку и гвоздик.

— Ух ты! Здорово! — радовался он. — В хозяйстве всё пригодится!

«Куда же всё это складывать?» — подумал Кротик. Вдруг он увидел, что на верёвке около дома, где живут люди, сушатся штаны с большими карманами.

— Какие красивые штанишки! Вот бы мне такие! — воскликнул Кротик. — В карманы можно положить столько полезного! Может, Мышка подскажет мне, где раздобыть штанишки?

Его подруга Мышка жила
в норке рядом с домом,
где он увидел штанишки.

— Здравствуй,
Мышка! — обратился
к ней Кротик. — Ты не
знаешь, где можно достать
штанишки с бо-о-льшими
карманами?

— Штанишки? —
удивилась Мышка. —
Не знаю, Кротик. Если
бы ты искал что-нибудь
вкусненькое, я бы тебе
подсказала. Спроси
лучше Бабочку, она летает

высоко-высоко, может,
знает, откуда берутся
штанишки.

— Спасибо, Мышка, —
поблагодарил Кротик
и отправился к Бабочке.

— Бабочка, Бабочка, — позвал Кротик. — Ты летаешь по свету и много видишь. Ты, наверное, знаешь, где раздобыть штанишки с большими карманами?

Бабочка не ответила. Только покружилась над Кротиком и, захлопав крылышками, полетела в лес. Ему показалось, что Бабочка позвала его за собой.

Кротик не раздумывая побежал за ней.

Перепрыгивая с кочки на кочку,
Кротик поскользнулся и —

ПЛЮХ! — упал в воду.

— Уф-ф! Как мокро, — ворчал Кротик. Хлюпая носом и отряхиваясь от тины, он вскарабкался на маленький островок.

— Как ты сюда попал? — вдруг услышал за спиной Кротик.

— Это ты, Рак? — улыбнулся он. — Я вот... бежал за Бабочкой... и вот теперь...

— За Бабочкой? Зачем? — удивился Рак.

— Она обещала привести меня к тому, кто знает, где раздобыть штанишки с большими карманами, — объяснил Кротик.

— Я помогу тебе, — сказал Рак. — Принеси мне полотно, я вырежу из него штанишки. Но сначала сходи к Птичке и узнай, сможет ли она их сшить.

Кротик побежал к Птичке. Он так торопился, что попросил Улитку подвезти его:

— Улитка, пожалуйста, отвези меня к Птичке.

— Залезай ко мне на спину, — ответила Улитка.

Медленно-медленно ползла Улитка.

— Спасибо, Улитка, — наконец сказал Кротик. — Я лучше пешком пойду. Так быстрее будет.

Птичка была очень занята. Она вила новое гнездо.

— Здравствуй, Птичка! — закричал Кротик. — Прошу тебя, сшей мне штанишки с большими карманами!

— Сошью! Сошью! — отвечала Птичка. — Только принеси Раку полотно, пусть выкроит из него штанишки и карманы, а я сошью.

Тут приползла Улитка, и Кротик попросил отвезти его домой. Он больше никуда не торопился, ему было очень грустно.

— Хнык-хнык, — заплакал Кротик. — Рак обещал выкроить штанишки, Птичка обещала их сшить, но где же я возьму полотно? Где?

Вдруг к нему наклонился красивый цветок:

— Не плачь, Кротик! Будут тебе штанишки!

— Кто ты? — удивлённо спросил Кротик.

— Меня зовут Лён, — ответил цветок. — Из меня делают полотно. Только вот сорняки совсем одолели меня. Они меня душат! Помоги, Кротик!

Кротик принялся за работу. Он вырывал сорняки с корнем и приговаривал:
— У меня будут штанишки! Теперь уж точно будут!

— Кротик, прогони
жуков! — попросил Лён. —
Они грызут мои листья!

Кротик схватил прутик
и выгнал всех жуков.

— Принеси мне воды!
Я хочу пить, — продолжал
Лён.

— Уже бегу! — торопился
Кротик.

Кротик приносил воду из ручейка и поливал Лён.

— Расти, Лён! Расти большой! — приговаривал Кротик.

Вдруг Кротик увидел Гусеничку. Она оторвала листик и стала его грызть.

— А ты что тут делаешь? — возмутился Кротик. — Ну-ка уходи отсюда!

Гусеничка испугалась и уползла.

Лён позвал Кротика:

— Кротик, Кротик! Я уже созрел.

— Уже? — обрадовался Кротик.

— Я расскажу тебе, что нужно делать, и будут тебе штанишки, — сказал Лён.

Кротик радостно закивал головой. Он всё запомнил и принялся за работу.

Кротик собрал лён, связал его и понёс к ручейку, чтобы намочить.

— Ква-ква! — встретил его Лягушонок. — Что ты несёшь?

— Это лён. Я пришёл его намочить, — ответил Кротик.

— Ква, помогу тебе, я видел, как вымачивают лён, — ответил Лягушонок.

Лягушонок положил лён в воду, а сверху прижал его камнем. Когда лён намок, Лягушонок вытащил его на берег.

— Высушу лён и пойду к Аисту, — решил Кротик. — Он знает, что делать дальше.

Кротик принёс лён на полянку, расставил его на солнышке и прилёг отдохнуть.

Он так устал, что сразу же задремал. Прошёл час, другой...

Пчёлка летела мимо, увидела Кротика, села ему на нос.

— Кротик, проснись, проснись! Лён уже высох!

— Ой! Как же это я уснул? — удивился Кротик, вскочил на лапки, схватил лён и побежал к Аисту.

Тики-тики, тики-тук… — стучал Аист.

— Здравствуй, Аист! — крикнул Кротик.

— Здравствуй, Кротик! С чем пришёл? — спросил Аист.

— Аист, помоги мне, пожалуйста, размять лён.

— А зачем тебе лён? — поинтересовался Аист.

— Из льна будет полотно, — отвечал Кротик, — а из полотна — штанишки с большими карманами.

— С карманами? Ну хорошо, помогу тебе, — ответил Аист.

Тики-тики, тики-тук, тики-тики, тики-тук… — постучал Аист, и лён был готов.

Аист посоветовал Кротику сходить к Ёжику, чтобы тот прочесал лён.

— Ёжик, Ёжик! — кричал Кротик. Но Ёжик спал и не слышал.

Тогда Кротик подошёл поближе и позвал:

— Проснись, Ёжик!

Ёжик открыл глаза, потянулся и недовольно пробурчал:

— Кто это тут шумит?

— Пожалуйста, Ёжик, мне нужно лён прочесать! — попросил Кротик. — У тебя такие чудесные длинные иголки, только ты можешь мне помочь!

Ёжик повернулся спинкой и расправил иголки. Кротик вычесал лён на длинных иголках и поблагодарил доброго друга. Ёжик снова задремал, а Кротик собрал лён и отправился к паукам.

— Паучки! Милые паучки! Пожалуйста, помогите мне сделать пряжу!

— А зачем тебе пряжа? — удивились пауки.

— Чтобы соткать полотно, а потом сшить из него штанишки с большими карманами, — ответил Кротик.

— Поможем тебе, — ответили пауки и принялись за дело.

Паучки начали сучить пряжу, а Кротик наматывал нитки на прутик.

— Спасибо вам, паучки, — поблагодарил Кротик.

— Пожалуйста, пожалуйста! — отвечали пауки. — Теперь иди к муравьям. Они соткут полотно. Как будут готовы штанишки, придёшь к нам? Хотим на тебя посмотреть!

— Конечно приду! — пообещал Кротик.

Кротик взял нитки
и отправился
к муравьишкам.

— Муравьишки,
я несу нитки на полотно!
Из полотна Рак вырежет
мне штанишки, а Птичка
сошьёт их!

— Поможем Кротику! —
закричали муравьишки. —
Будут у него штанишки!

— Ту-ру-ру, тра-ра-ра! — трубил Жук. — Поможем Кротику соткать полотно!

Работа закипела! Одни муравьишки рубили ветки, другие натягивали на них нитки, третьи ткали, а четвёртые скручивали полотно.

Кузнечик и Сверчок
заиграли весёлую музыку.
Работа пошла быстрее
и ещё быстрее, и вот
нитки — Кротик не мог
поверить своим глазам —
превратились в полотно!

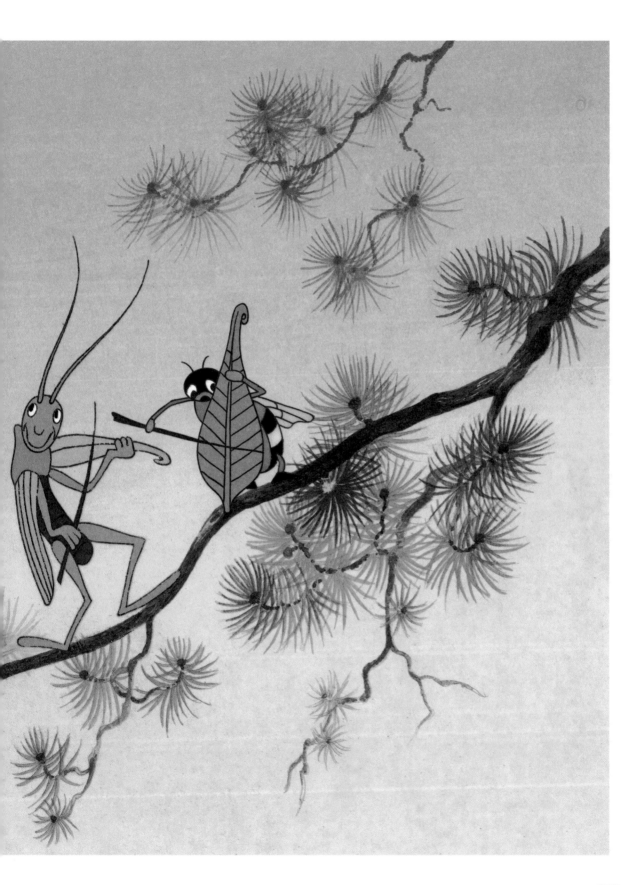

— Ура! Полотно готово! —
Муравьишки расстелили
его на травке.

— Вот здорово! —
радовался Кротик. —
Спасибо, друзья! —
благодарил он всех.

Кузнечик продолжал играть муравьишкам свою любимую песню, а Кротик взял полотно и отправился к Раку.

— Рак, я принёс полотно! — радостно закричал Кротик.

— Какое красивое! — удивился Рак. — Никогда такого не видел!

— А карманы получатся? — волновался Кротик.

— Конечно получатся! — ответил Рак.

Он раскроил полотно на детали и отдал Кротику.

Кротик побежал к Птичке.

— Птичка, пожалуйста, сшей мне штанишки! — попросил он.

— Ух ты! — удивилась Птичка. — Расскажи, где ты взял такую хорошую ткань?

Птичка начала шить Кротику штанишки, а он рассказывал:

— Ох, Птичка! Сначала я вырастил лён, Лягушонок помог мне его вымочить, я его высушил, Аист помог мне помять лён, Ёжик — прочесать...

Пока Кротик рассказывал свою историю, Птичка шила ему штанишки.

— Вот! Готово! — наконец
сказала Птичка.

Кротик схватил
штанишки.
Как он был рад!

— Мои штанишки! —
Кротик даже подпрыгивал
от радости. — С большими
карманами! Я могу
положить в них всё,
что захочу.

Кротик надел штанишки,
достал кусочек зеркала
и долго любовался
штанишками. Теперь он
был самым счастливым
Кротиком на свете!

КРОТИК
И ТЕЛЕВИЗОР

В одно прекрасное утро Кротик проснулся, выглянул из норки и увидел, что пришла весна. Ярко светило солнышко, повсюду распускались цветочки, и у Кротика было хорошее настроение.

— Доброе утро, Улитка! — крикнул Кротик.

— Привет, Кротик! — ответила Улитка. — Сегодня так тепло, что можно загорать.

Улитка выбралась из своего
домика и растянулась на травке.
     — Нет, просто так лежать скучно, —
сказала вдруг Улитка и снова полезла в домик.

Улитка вытащила телевизор и поставила его на крышу.
— Ух ты! Что это такое? — удивился Кротик.

— Это телевизор! Он показывает разные фильмы
и передачи, — гордо сказала Улитка и, довольная,
устроилась перед экраном.

— Я тоже хочу посмотреть! — обрадовался Кротик.

Кротик с Улиткой всё утро смотрели телевизор. Концерт закончился, и теперь им показывали передачу про обитателей морей и океанов.

— Какие красивые рыбки! — восхищался Кротик. — Оказывается, не нужно глубоко нырять, чтобы увидеть их так близко.

— Что это вы там смотрите? Я тоже хочу! — закричал Заяц.

— И я! — сказала Мышка.

Друзья сели смотреть телевизор вместе с Кротиком и Улиткой.

Солнышко поднялось над Сказочным лесом и осветило все тропинки и полянки, чтобы согреть лесных жителей. Но где же они?

Солнышко искало-искало и наконец увидело, что все друзья собрались на полянке перед домиком Улитки.

— Эй, что вы там делаете? — весело закричало Солнышко.

— Телевизор смотрим! — ответили ему друзья.

— А мне можно с вами? — спросило Солнышко.

— Конечно! — разрешили они.

Солнышко присело на деревце, чтобы тоже посмотреть телевизор.

Друзья смотрели его весь день. Наступил вечер,
и Солнышку пора было ложиться спать.

— До завтра! — попрощалось оно и скрылось за лесом.

Кротик тоже устал и начал зевать, но не хотел покидать друзей. В конце концов он стал засыпать прямо на полянке.

— Ох, пора и мне в кроватку, — решил он и пошёл
к своей норке. — Спокойной ночи! — попрощался
Кротик с друзьями.

— До завтра, Кротик! — ответили они.

Кротик начал осторожно залезать в свою норку, но был таким сонным, что не удержался… и упал прямо на кроватку.

— Наконец-то я в своей тёплой, мягкой постельке! — довольно сказал Кротик и сразу заснул.

В Сказочном лесу наступила ночь, а друзья всё ещё смотрели телевизор. На небе появился Месяц. Он увидел на полянке друзей и очень удивился.

— Почему вы ещё не в своих кроватках? — спросил он.
— Мы смотрим интересный фильм. Садись смотреть
с нами! — предложили ему друзья.
И Месяц устроился перед телевизором вместе с ними.

Месяц так засмотрелся, что совсем забыл о времени.
— Ох, уже утро пришло! — воскликнул он и поспешил
домой. — Но как же я успею добраться вовремя?

И тут Месяц увидел в небе созвездие Большая Медведица, похожее на ковшик.

— Придумал! — обрадовался он.

Месяц прыгнул в этот ковшик и помчался домой, чтобы успеть до утра.

На небе снова появилось Солнышко.
— Доброе утро, Кротик! — сказало оно. —
Почему ты так рано проснулся?

— Хочу поиграть с друзьями в мячик, — ответил
Кротик. — А потом мы пойдём купаться. Но где же
они? — удивился он.

Солнышко решило ему помочь найти друзей.

— Синичка, давай искать вместе! — предложило Солнышко.

— Хорошо! — согласилась Синичка.

Они оглядели все полянки...

— Вы уже проснулись? — удивилось Солнышко, увидев друзей перед телевизором.

— А мы сегодня и не ложились! — ответили ему друзья. — Смотрели интересный фильм про лягушонка Ква-Ква.

Кротик тоже увидел друзей и громко свистнул.

— Эй, пойдём играть в мячик! — позвал их Кротик.

— Нет, Кротик, мы лучше телевизор посмотрим, это намного интереснее, чем просто играть в мячик, — ответили ему друзья.

— Но я же не могу играть один! — огорчился Кротик.

— Тсс, не мешай нам! — сказала Мышка.

— Что же мне теперь делать? — загрустил Кротик. — Никто не хочет со мной играть. Ну и ладно, пойду искупаюсь! — решил Кротик.

Водичка была тёплой, он весело плескался в волнах.
Кротик даже придумал новую игру: бросал мячик
в волны, а те кидали его обратно. Оказалось, что в эту
игру можно играть и без друзей.

— Кротик, не брызгайся, вода может попасть
в телевизор, и он сломается! — крикнула ему с берега
Улитка.

Прошла весна, наступило лето, а Кротик продолжал играть один.

Однажды погода испортилась, и пошёл дождик. Кротик этому даже обрадовался.

«Улитка сказала, что телевизор сломается, если в него попадёт вода. Дождик намочит телевизор, они не смогут его больше смотреть и будут играть со мной», — размышлял он.

— Эй, давайте покатаемся на велосипеде! — крикнул Кротик друзьям.

— Нет, Кротик, мы заняты, — ответили они. Чтобы телевизор не намок, друзья прикрепили над ним зонтик и продолжали смотреть.

Пожелтела трава, облетели листочки, пришла осень… Кротик начал делать запасы на зиму. Он собирал груши и яблоки и готовил из них варенье.

«Теперь-то уж точно они не смогут смотреть телевизор! — думал Кротик. — Ведь скоро погода испортится и на полянке станет холодно».

Но друзья придумали, как им смотреть телевизор даже в плохую погоду. Они принесли из дома мягкие подушки, тёплые одеяла и удобно устроились перед экраном.

Долгими осенними вечерами Кротик сидел дома и рисовал картинки. В его норке всегда было тепло и уютно.

— Нарисую много красивых картинок и развешу по стенам, чтобы украсить домик! — радовался Кротик. Он уже меньше скучал по друзьям и нашёл для себя много интересных занятий, которые можно было делать в одиночку.

А друзья тем временем всё продолжали смотреть телевизор. Их засыпало осенними листиками, но они не обращали внимания: ведь по телевизору показывали столько всего интересного!

— Ура, зима пришла! — обрадовался Кротик.

Он оделся потеплее и пошёл кататься на лыжах.

— Вы не замёрзли? — спросил он друзей.

Их так сильно засыпало снегом, что из сугробов были видны только глазки да ушки.

— Нет, Кротик, нам совсем не холодно, — ответили ему друзья.

Зима закончилась,
на небе снова появилось
яркое Солнышко.
— Кротик, просыпайся,
пришла весна! —
закричало Солнышко
и заглянуло в норку.

Кротик выбрался из норки и решил проведать друзей
на полянке. Но что же с ними случилось?
— Кротик, спаси нас! — закричали они.

С приходом весны вся земля вокруг покрылась зелёными густыми зарослями.

Колючие ветки окружили друзей со всех сторон, и они никак не могли из них выбраться.

— Я помогу вам! — крикнул Кротик и прыгнул в норку. Оттуда он появился, держа в руках топор и пилу.

— Надо избавиться от этих зарослей, пока они не покрыли всё вокруг, — решительно сказал он и принялся за дело. — И раз, и два, и три! — приговаривал Кротик, прорубая дорожку к друзьям.

Наконец все были спасены!

— Спасибо тебе, Кротик! — радостно закричали они, совсем забыв про телевизор.

— Прости нас за то, что мы так долго не играли с тобой. Мы поняли, что нельзя всё время смотреть телевизор и забывать про своих друзей!

А Улитка меж тем решила переехать в другое место.

— Найду полянку получше, — заявила она. —

А то здесь у вас никакого покоя: то снегом завалит, то зарослями опутает.

Она взяла телевизор, убрала его в свой домик
и уползла.

— Что же мы теперь будем делать без телевизора? —
огорчились друзья. — Мы уже разучились играть
и веселиться, как же нам быть?

— Не плачьте! — утешил их Кротик. — Я придумал
для нас одно интересное занятие!

Кротик сходил в норку и вернулся с тележкой, на которой лежали гантели.

— Вы так долго просидели на одном месте, что для начала нужно как следует размяться. Давайте сделаем вместе зарядку, а потом во что-нибудь поиграем!

Друзья обрадовались и начали делать зарядку.
— Раз-два, три-четыре! — бодро командовал
Кротик. — Ёжик, не отставай! У нас впереди целый
день, чтобы заняться чем-нибудь интересным!

КРОТИК
и автомобильчик

   На свете столько разных машин! Зелёных и
красных, грузовых и легковых, больших и маленьких.
Грузовики привозят в магазины хлеб и молоко,

автобусы отвозят людей на работу, а легковые
машины — на прогулку. Все спешат по своим делам
и ничего вокруг не замечают.

Однажды Кротик отправился на прогулку в город. Он столько слышал о чудесах, которые там творятся, что решил увидеть всё своими глазами. Кротик долго рыл подземный ход от своей норки в лесу и наконец добрался до города.

— Ух ты! — удивился Кротик, первый раз в своей жизни увидев машину. — Что это? — спросил он Щенка, который в ней сидел.

— Это машина! — гордо ответил Щенок. — Я катаюсь на ней вместе с моим хозяином.

— Значит, она может отвезти меня в лес? — спросил Кротик. — Я так устал рыть длинные подземные ходы.

— Она может отвезти тебя куда захочешь! — важно сказал Щенок.

— Вот бы у меня была такая же машина! — размечтался Кротик. — Я бы катался на ней по городу и лесу. Осенью я бы отвозил в норку яблоки, чтобы сделать варенье, а весной ездил бы на прогулку с друзьями. Но как же мне её достать?

Кротик отправился на поиски и вскоре увидел большую кучу разных деталей.

— Да ведь именно из них состоит машина! — догадался Кротик. — Значит, мне просто нужно собрать все эти детали и сделать из них свою машину. Я умею рыть самые длинные подземные ходы и готовить самое вкусное яблочное варенье, значит, сделать машину для меня — проще простого.

И с этими словами Кротик принялся за дело.

— Чтобы машина ездила, прежде всего нужны колёса, — размышлял Кротик.

Он порылся среди деталей и нашёл огромное колесо.

— Какое большое! — сказал Кротик. — Совсем не подходит для моей маленькой машины. Надо будет поискать ещё.

Тут Кротик увидел руль и очень обрадовался:

— В машине должен быть руль, чтобы свернуть направо или налево. Он мне очень пригодится.

Кротик увидел большую машину и решил осмотреть её снизу, чтобы понять, из чего она состоит.

— Как много всяких деталей! — удивился Кротик.

— Наверное, это потому, что машина очень большая.
Но мне нужна маленькая машина, поэтому все эти
детали мне не понадобятся.

Все свои находки Кротик относил на полянку рядом с норкой. Когда он тащил туда винтик и гайку, из мусорного бака выглянула Мышка.

— Привет, Кротик, чем занимаешься? — спросила она.

— Хочу собрать машину, чтобы кататься на ней по городу и лесу, — ответил ей Кротик.

— Кротик, ты никогда не сможешь собрать машину сам, — засмеялась Мышка. — Это очень сложно.

— А вот и смогу! — похвастался Кротик и побежал дальше.

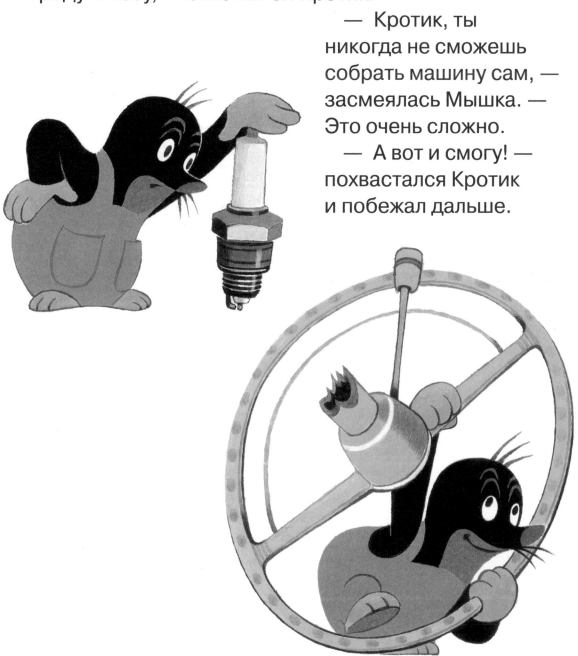

Кротик нашёл железную
коробку и тоже потащил её к норке.
— Ох, какая же она тяжёлая! —
пыхтел Кротик себе под нос. —
Но без неё нельзя собрать машину.

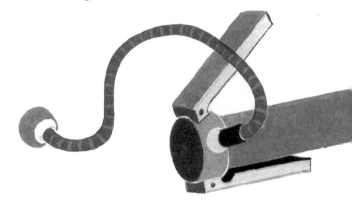

Сверху я прикреплю
к ней руль, снизу —
колёса, и получится
машина!

Наконец Кротик собрал на полянке все детали, которые смог найти.

«Интересно, с чего начать? — думал Кротик. — Возьму железную коробку, поставлю её на колёса, а сверху прикреплю руль. Нет, сначала сделаю руль, а потом колёса. Хотя какая разница? Начну с середины, ведь в результате всё равно получится машина».

И Кротик принялся за дело.

И вот машина была готова.

— Кротик, прокати меня, пожалуйста! — попросила Бабочка. — Я ещё никогда не каталась на машинах.

— Конечно, Бабочка, садись! — ответил ей Кротик. — Только держись крепче, чтобы не сдуло ветром.

Кротик забрался на коробку, погудел в гудок, покрутил руль, но машина не поехала!

— Почему мы не едем? — спросила Бабочка.

— Не понимаю, — расстроился Кротик. — Я же сделал всё правильно. Я прикрепил руль, и колёса, и даже гудок, а получилась какая-то неправильная машина, которая не хочет меня везти. В чём же дело?

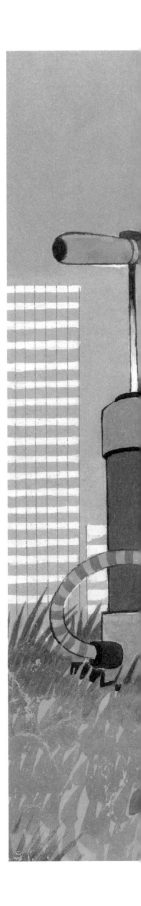

— Не переживай, Кротик, не так уж и нужна нам эта машина! — утешила его Бабочка и улетела.

Но Кротик совсем загрустил.

«Что же я сделал не так?» — думал он.

Вдруг он увидел недалеко от полянки маленькое колёсико.

— Как бы оно подошло для моей маленькой машины! — обрадовался он. — Вот бы найти ещё три!

Кротик отправился на поиски и нашёл ещё три колёсика.

— Теперь надо отнести их на полянку! — решил Кротик.

Одно колёсико он надел на шею, другое на голову, а два оставшихся взял в руки.

Вдруг он услышал какой-то шум.

— Пойду посмотрю, что случилось, — решил Кротик.

Вскоре он увидел на дорожке разбитую игрушечную машинку.

— Раньше она была красивой маленькой машинкой, — огорчился Кротик. — Как раз подходящего мне размера.

А теперь она так
разбита, что и не
починишь. Кто же
сломал её?

Машинку сломал маленький мальчик, которому просто надоела игрушка. Он взял молоточек и разбил её на маленькие кусочки.

«Эх, если бы кто-то помог мне починить машину», — подумал Кротик и вспомнил про Мышку.

Кротик собрал всё, что осталось от игрушечной машинки, и пошёл к Мышке.

— Кротик, ну что, собрал машину? — спросила Мышка.

— Нет, Мышка, ты была права: это очень сложно, — ответил Кротик. — Зато я нашёл другую машину, но она сломана. Ты не поможешь мне её починить?

— Нет, Кротик, я не умею чинить машины, но я знаю, кто может тебе помочь, — сказала Мышка и показала на большой дом на другой стороне улицы. На доме большими буквами было написано: «Автосервис».

— Что это такое? — удивился Кротик.

— Это место, где ремонтируют машины, — ответила Мышка.

Кротик поблагодарил Мышку за совет и отправился
в путь.

— Как же тяжело, — пыхтел он по дороге. — Но ничего

не поделаешь, надо нести. Лишь бы мне там помогли
починить машину.

К дому тянулась очередь из разбитых и поломанных машин, а машины, которые выезжали из него, были новыми и красивыми.

— Тут и правда творят чудеса! — удивился Кротик.

Кротик прикрепил свою машину к большому крюку, и высокий кран поднял её высоко над землёй.

— Ну вот, — радостно сказал Кротик, — теперь надо только немножко подождать, и у меня будет новенькая машина.

— Какая красивая! — восхитился Кротик, когда увидел свою машину. — Совсем как настоящая! Буду кататься на ней по городу, крутить руль и гудеть в гудок, сколько захочу.

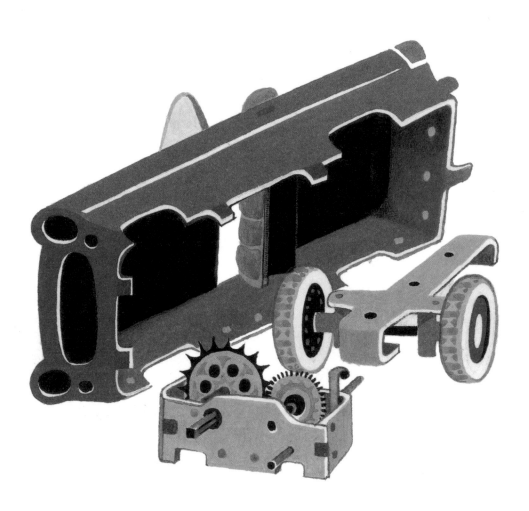

И Кротик отправился на прогулку. Первой, кого он увидел, была Мышка, которая дала ему такой хороший совет.

— Спасибо, Мышка! — крикнул Кротик. — Ты мне очень помогла. Хочешь, я тебя покатаю на моей машине?

— Нет, Кротик, я сейчас не могу — спешу в гости. Давай в другой раз. Счастливого пути!

Кротик поехал дальше, но тут Муравей перебежал дорогу прямо перед его машиной.

— Так нельзя, Муравей! — сказал Кротик. — Когда переходишь дорогу, посмотри сначала по сторонам, а то попадёшь под машину.

— Хорошо, Кротик, я больше не буду, — сказал Муравей.

Вдруг машина остановилась прямо посередине дороги.

— Что случилось? — удивился Кротик.

Большие машины вокруг начали гудеть, все спешили по своим делам, а маленькая машина задерживала движение.

— Ой, её же надо завести! — догадался Кротик.

Большим машинам нужен был бензин, чтобы ехать дальше, а в маленькой машине нужно было заводить пружинку.

Кротик не растерялся, достал ключик и завёл её.

— Ура! Поехали! — воскликнул он.

По пути к дому Кротик встретил старого знакомого — Щенка.

— Эй, Щенок, посмотри, какая у меня машина! — весело крикнул Кротик.

— Ух ты, где ты её нашёл? — удивился Щенок.

Кротик рассказал ему про свои приключения и предложил прокатить.

— Нет, Кротик, мне надо ждать хозяина, — вздохнул Щенок. — К тому же я не помещусь в такую маленькую машину. Счастливого пути!

Наступил вечер, на улицах стемнело, и все машины включили фары, чтобы освещать себе путь. Кротик тоже зажёг огоньки на своей машине, чтобы найти дорогу домой.

— Какой сегодня был интересный день! — сказал он. — Потерпи, машина, скоро мы будем дома.

Наконец Кротик добрался до норки. Он вынул из машины ключик и спрятал его под кустиком.

— Чтобы никто на тебе ночью не катался, — заботливо сказал он.

Кротик очень устал и пошёл спать.

— Спокойной ночи, машина, — сказал он. — Как следует отдохни, ведь завтра мы поедем в лес, и я познакомлю тебя с друзьями.

В один прекрасный день маленький Кротик отправился на прогулку в город.

— Интересно, где это я? — удивился он, очутившись в самом центре детской площадки. Кругом были разбросаны игрушки: маленькая лопатка, формочка, перевёрнутое ведёрко. — Ух ты! Будет весело! — обрадовался Кротик.

Возле песочной горки лежал маленький блестящий шарик.

«Какой красивый!» — подумал Кротик. Но только он дотронулся до него, как шарик...

...закатился в песочный за́мок.

Кротик полез за шариком и оказался прямо перед игрушечной ракетой. Он никогда не видел ракет. Поэтому решил, что это чей-то домик.

«Интересно, кто там живёт?» — подумал он, рассматривая ракету со всех сторон.

Захватив с собой блестящий шарик, Кротик забрался в ракету. Внутри никого не было. Посередине маленькой круглой комнаты стоял единственный стульчик. Кротик вспомнил, что видел снаружи большую кнопку.

— А! Это, наверное, звонок! — воскликнул он и высунул голову из ракеты. — Может быть, кто-нибудь появится, если я позвоню?

Он протянул лапку и нажал на кнопку.

«Вероятно, придётся подождать, пока придёт хозяин», — думал он, присаживаясь на стульчик, как вдруг…

…ВЖЖЖ! ТРАТАТА! ЖЖЖЖ!

Ракета загудела, затряслась и рванула вверх, унося маленького Кротика высоко-высоко. Кротик ещё ни разу не летал. Он прижался к стульчику и зажмурил глаза.

«Мамочка! Что я наделал! Что происходит?» — подумал он. Кротик набрался смелости и открыл один глаз. Ветер дул так сильно, что сначала Кротик с трудом мог что-то разглядеть. Потом он медленно открыл второй глаз и посмотрел вниз.

— Вот это да! — воскликнул Кротик.

Ракета неслась ввысь, а дома внизу становились всё меньше и меньше. Маленькие машинки медленно двигались по улицам, поезд стал похож на игрушечный,

и только море всё равно было большим. Вдалеке Кротик увидел маленький островок и разноцветные кораблики.

— Какой красивый мир! — радовался он.

Ракета поднималась всё выше и выше.

«Интересно, — думал Кротик, — какие облака на самом деле: мокрые или сухие, тёплые или холодные, а может быть, они сладкие?»

Ему так захотелось дотронуться до облака! Потеряв всякий страх, Кротик высунулся из ракеты и попытался дотянуться своими лапками до ближайшего облачка, как вдруг...

...ракета наклонилась и — ВЖЖЖ!.. — стремительно полетела вниз.

— Помогите! — закричал Кротик.

Ракета с визгом неслась к земле. Из окошка он увидел маленький островок в море.

«Зачем я нажал эту кнопку? Кто теперь будет меня спасать? Я упаду и разобьюсь!» — Кротик зажмурил глаза.

ВЖ-ЖЖЖ-БУММ!..

Ракета врезалась в землю и разлетелась на кусочки!

Кротик отлетел в сторону и приземлился на мягкий песок.

Маленькая ракушка выкатилась из-под обломков ракеты и накрыла Кротика. К счастью, наш герой не пострадал. Но он ещё не знал этого — под ракушкой было темно.

— Где это я? — удивился Кротик.

Он пошевелил лапками, подтянул правую ногу, потом левую.

— Кажется, всё на месте, — успокоился Кротик.

— Ух ты! Вот это сюрприз! Какая симпатичная шляпка! Интересно, откуда она взялась? — удивился Кротик, снимая с головы ракушку.

Он огляделся. Повсюду валялись ракушки, одна красивее другой! Он выбрал самую яркую и приложил её к уху.

Ш-ш-ш-ш... — услышал Кротик.

— Это не шляпа, это телефон! — обрадовался он. — Алло! Здравствуйте!

Из ракушки снова послышалось шипение. Тогда он спросил ещё раз, погромче:

— Э-эй! Есть кто-нибудь?

Снова никто не ответил. Только звук «ш-ш-ш-ш» доносился из ракушки.

Кротик растерянно посмотрел по сторонам и вдруг закричал:
— Вот он! Мой блестящий шарик! А вот и домик... то есть ракета... Нет. Это то, что от неё осталось.

Кротик нашёл в воде нос ракеты, но остальных частей не было видно.
Он грустно вздохнул.
«Другие детали, наверное, утонули, — подумал Кротик. — Нырять я не умею. И здесь нет никого, кто мог бы мне помочь! Как же я вернусь домой?»

Разноцветные ракушки переливались на солнышке, но они больше не радовали Кротика. Он грустно смотрел на море, как вдруг из воды показалось странное существо. Глаза — маленькие, тело — круглое, а вместо лап — огромные клешни!

ОНО направлялось прямо к берегу!

Кротик испугался и бросился бежать со всех ног. Перепрыгивая через ракушки, он думал только о том, чтобы поскорее куда-нибудь спрятаться. Но куда? Кротик запрыгнул на самую большую песчаную горку и начал копать. Он быстро вырыл ямку, а сверху накрылся ракушкой.

— Уф-ф! — отдышался Кротик. — Кажется, опасность миновала. Посижу тут, пока ОНО не уйдёт.

Но вскоре любопытство взяло верх. Он встал на цыпочки и аккуратно приподнял ракушку. Странное существо с клешнями ползало по песку совсем рядом. Кротику показалось, что ОНО даже улыбается. Он собрался с силами, повыше приподнял ракушку и дрожащим голосом пропищал:

— Здравствуйте!

— Привет! — ответило существо. — Меня зовут Краб.

Кротик вылез из песка и подошёл поближе. Перед Крабом на ракушке лежал яркий перламутровый шарик.

— А это у тебя что? — осторожно поинтересовался Кротик.

— Ты разве не знаешь? Это жемчужина! — ответил Краб.

Кротик забыл о своём страхе и принялся изучать жемчужину со всех сторон. Тем временем Краб рассматривал блестящий шарик нашего путешественника.

Кротик не раздумывая обменял шарик на жемчужину, и они с Крабом сразу подружились.

Кротик рассказал Крабу о своём приключении.

— Да уж, — удивлялся Краб, — ты, наверное, сильно испугался, когда летел вниз!

— Да нет, не очень, — соврал Кротик. — Смотри, Крабик, там что-то плавает! Может, это часть моей ракеты? Но как её достать?

— Я помогу тебе! — сказал Краб и нырнул в воду.

Краб вынырнул. В крепких клешнях он держал большую стеклянную банку.

— Это не от ракеты! — разочарованно сказал Кротик. — Можешь выбросить её в море!

Краб не хотел расставаться с находкой.

— Пригодится, — деловито сказал он и принялся вытаскивать банку на берег.

Друзья вылили воду из банки. Чтобы убедиться, что она пуста, Кротик засунул голову внутрь.

— Красотища! — вдруг закричал Кротик. Через стеклянные стенки он увидел морское дно. — Смотри, смотри, какие разноцветные камешки!

— Угу, — растерянно ответил Краб. — Как жаль, что ты не умеешь плавать.

— Ой, смотри! Рыбки! — не унимался Кротик.

Он забрался в банку и с удовольствием наблюдал за морскими жителями.

Кротик уже почти забыл о своих злоключениях, как вдруг увидел среди причудливых водорослей обломки ракеты.

— Пожалуйста, Крабик, — крикнул он другу, — помоги вытащить эти части на берег!

— Хорошо! — отозвался Краб и принялся за работу.

Тем временем волны уносили банку с Кротиком всё дальше и дальше от берега. Но он не замечал этого: так интересно было наблюдать за сменяющими друг друга косяками рыб и подводными пейзажами. Морские обитатели собрались вокруг банки и тоже изучали Кротика.

— Кто ты? Откуда ты взялся? — спрашивали рыбки.

— Я — Кротик, — отвечал наш герой. — Ваш друг Краб помогает мне искать в море обломки ракеты. Вы, случайно, не видели какие-нибудь запчасти на дне?

Обитатели моря никогда не видели ракет, но решили помочь Кротику и в поисках обломков расплылись в разные стороны. Всё, что им казалось похожим на ракету, они гнали к берегу. А Краб вытаскивал находки на песок.

Вдруг подул сильный ветер. Волны поднимались всё выше и выше, море пенилось, и банку с Кротиком закружило в водовороте.

— Я же не умею плавать, — вспомнил Кротик. — А-а-а! Помогите! Крабик, где ты? — отчаянно закричал он.

Большая волна подхватила банку, подняла её высоко-высоко и…

…выбросила на берег. Ударившись о камень, банка разлетелась на осколки. Едва Кротик выскочил, как Краб закричал ему:

— Быстрее, бежим! Следующая волна может накрыть тебя и унести в море!

Друзья побежали вперёд.

— С возвращением на землю! — поздравил Краб. — Смотри, друзья собрали столько обломков! Теперь мы сможем починить твою ракету.

Кротик немножко отдышался, обсох и принялся за работу. Краб подавал ему детали. Почти всё было готово, только вот нос ракеты куда-то исчез.

— Я что-то нашёл! — вдруг закричал Краб. — Видишь эти следы? Значит, кто-то был здесь и унёс нос нашей ракеты! Вперёд, за ним!

И друзья отправились по следам.

Первый холм, второй холм, третий холм...

и вдруг...

…друзья остановились. Их сердца забились от страха. Они увидели… КРОКОДИЛА. Он был огромный. Его челюсти с острыми как нож зубами были открыты. Возле крокодила лежали солнечные очки, соломенная шляпа и пляжная сумка.

— Должно быть, он уже кого-то съел, — прошептал Кротик.

Вдруг Краб засмеялся:

— Смотри! Как же мы сразу не догадались?

— Не догадались?! — Кротик недоумённо посмотрел на Краба.

— Видишь птичку? — продолжал Краб. — Смотри, как спокойно она прогуливается по этому крокодилу!

Кротик подошёл поближе и радостно закричал:

— Конечно! Он же ненастоящий! Он резиновый!

Друзья забрались на крокодила, стали прыгать и веселиться, но неожиданно — тсс-с-с...

Резиновый крокодил сдулся.

— Что случилось? — удивился Кротик.

— Я просто вытащил пробку, воздух вышел, и он сдулся! — гордо сообщил Краб. — Идём, нужно ещё найти нос твоей ракеты!

— Давай посмотрим здесь, — предложил Кротик.

Под соломенной шляпой носа не оказалось. Только бабочки вылетели оттуда.

В ведре с водой плавали маленькие рыбки, Краб выпустил их обратно в море.

— Спасибо! — попрощались с ним рыбки.

Кротик забрался на пляжную сумку и — плюх — уронил её на песок.

Из сумки высыпались ракушки и — Кротик аж подпрыгнул от счастья — нос ракеты. За носом последовали черепашки.

— Спасибо, спасибо! — благодарили они друзей.

— Теперь нужно вернуться туда, где мы оставили ракету, и приделать ей нос, — сказал Краб.

Кротик взял нос и потащил его за собой. Довольные, друзья шли по самому краю берега, как вдруг Кротик увидел в воде что-то большое и чёрное.

— Бежим скорее! — закричал он.

Краб припустился за ним. Чёрное чудовище не отставало.

Вот и ракета. Кротик натянул нос на основание.

— Давай залезай быстрее! — торопил Краб.

— А как же ты? — заволновался Кротик.

— Улетай! А я спрячусь где-нибудь здесь! — ответил Краб. — Я буду скучать по тебе! Ты же мой друг!

Кротик нажал
на кнопку, и —

ВЖЖЖ...
ТРАТАТА... —

ракета полетела!

А ЧУДОВИЩЕ?

Краб спрятался под
ракушкой и всё выяснил.
Чудовищем оказался
маленький мальчик.

Мальчик учился нырять и плавать под водой.
У него были маска, трубка и ласты. Впрочем, Краб всё
равно назвал его чудовищем. Оказывается, это он
выловил рыбок, спрятал под шляпой бабочек и посадил
черепашек в пляжную сумку.

Краб радовался, что всё закончилось хорошо.
Бабочки улетели, рыбки уплыли, черепашки
разбежались, а Кротик вернулся домой. Ему было
немножко грустно, ведь рядом не было друга. Краб
посмотрел на небо, помахал клешнями и прокричал:

— Счастливого пути, Кротик! Не забывай своего друга!

СОДЕРЖАНИЕ

Литературно-художественное издание
ДЛЯ ДЕТЕЙ ДО ТРЕХ ЛЕТ
Для чтения взрослыми детям
МИЛЕР ЗДЕНЕК
ПЕТИШКА ЭДУАРД
ДОСКОЧИЛОВА ГАНА

Кротик. Большая книга

Перевод с чешского Е. А. Гуричевой, М. В. Крыловой

Дизайн обложки О. А. Закис

Ответственный редактор Е. А. Гуричева
Художественный редактор Н. С. Ворламова
Технический редактор А. Т. Добрынина
Корректор Л. А. Лазарева

Подписано в печать 15.10.20.
Формат 84 × 108 $^1/_{16}$. Печать офсетная. Бумага офсетная.
ID 11459. Усл. печ. л. 21,84. Тираж 5000 экз. Заказ № ВЗК-05314-20.

ООО «РОСМЭН».
Почтовый адрес:
127521, г. Москва, ул. Шереметьевская, д. 47. Тел.: (495) 933-71-30.
Юридический адрес:
117465, г. Москва, ул. Генерала Тюленева, д. 29, корп. 1.

Наши клиенты и оптовые покупатели могут оформить заказ,
получить опережающую информацию о планах выхода изданий
и перспективных проектах в Интернете по адресу:
www.rosman.ru

ОТДЕЛ ПРОДАЖ:
(495) 933-70-73; 933-71-30;
(495) 933-70-75 (факс).

Дата изготовления: ноябрь 2020 г.
Отпечатано в России.

Әдеби-көркем басылым
3 жасқа дейінгі балаларға арналған
Ересектер балаларға оқуы үшін
Өндірілген күні: қараша 2020
Ресейде басылған.
Өндіруші: "РОСМЭН" ЖШҚ, Ресей, 117465, Мәскеу, Генерал Тюленев көшесі, 29-үй, 1-корпус.
Наразылықтарды қабылдауға уәкілетті тұлға: "РОСМЭН" ЖШҚ.
Пошталық мекен-жайы: Ресей, 127521, Мәскеу қаласы, Шереметьевская көшесі, 47-үй.
Телефон: +7 (495) 933-71-30.
www.rosman.ru
Заңды мекен-жайы: Ресей, 117465, Мәскеу, Генерал Тюленев көшесі, 29-үй, 1-корпус.
Тауар сертификатталған. КО ТР 007/2011 сәйкес келеді.

Отпечатано в АО «Первая Образцовая типография»,
филиал «Дом печати —ВЯТКА».
610033, г. Киров, ул. Московская, 122